1

ALICE 19th

- Yuu Watase -

"UNE QUESTION."
"ES-TU AMOUREUSE DE QUELQU'UN ?"
BIP
...
BIP
"OUI."
BIP
"MAIS...
...JAMAIS JE N'OSERAI LE LUI DIRE."
PFOU!

Chapitre 1

Les maîtres du Lotis
- Ces gens qui maîtrisent les mots sacrés -

HMM...
DÉJÀ LE MATIN... C'EST QUELLE HEURE ?

5月 8日(火) 7:15
DIGITAL
ALLEZ, GRANDE SŒUR ! IL EST 7 HEURES PASSÉES !
TU AS LA RÉUNION DE TON CLUB DANS UNE DEMI-HEURE.
LÈVE-TOI, MAYURAAA !!
DABAM GADAM
7 HEURES PASSÉES ?!

BAM
BAM
BAM
MAIS T'ES NOUILLE ! JE T'AVAIS DIT DE ME RÉVEILLER À 6 HEURES ET DEMIE !
OUI, MAIS J'AI FAIT MES DEVOIRS TARD...
HAA !
MON ŒIL ! T'ÉTAIS ENCORE DANS TES MAILS OU TES SMS !
CLOUP
MAMAN N'APPRÉCIE PAS QUE TU SOIS TOUJOURS SUR TON PORTABLE !
MAYURA... C'EST QUOI, CETTE TENUE ?
JE PRENDS JUSTE UNE DOUCHE !
JE NE PETIT-DÉJEUNERAI PAS !
QUOI ?! ELLE A QU'À SE LEVER TOUTE SEULE !

VRAIMENT, MAYURA A TOUJOURS LA FORME. À CROIRE QU'ELLE N'A AUCUN SOUCI.
ÇA C'EST VRAI !
HM...
OH, PAPA.
C'EST TOUJOURS NON POUR TU-SAIS-QUOI ?
QUOI DONC ?
TU SAIS BIEN. ALICE VOUDRAIT UN ANIMAL.
AAH...
FAIS-TOI UNE RAISON.
ON NE PEUT PAS PRENDRE D'ANIMAL À CAUSE DES ALLERGIES DE TA SŒUR.
...
BAM BAM BAM BAM

BON, J'Y VAIS !
D'ACCORD. À TOUT À L'HEURE.
T'AS VU, MAMAN... ?
ELLE S'EST MÊME MAQUILLÉE !
POUR ALLER AU CLUB ?
ALICE ! DÉPÊCHE-TOI DE T'HABILLER ET DE MANGER.
BLAM
"MES PARENTS PASSENT TOUT À MA SŒUR."
CE N'EST PAS VRAI QUE LE DERNIER ENFANT...
...EST TOUJOURS LE CHOU-CHOU !

J'AVAIS VU DES LAPINS SI MIGNONS DANS UNE ANIMALERIE.
MAIS IL N'Y EN A QUE POUR MA SŒUR.
Dell commons
Dell commons
TAK
HN ?
HO!
TIENS...

UN LAPIN...?
COMME IL EST CHOU !!
TIP
OH ! IL REGARDE PAR ICI !

OUAIS.
QUELQU'UN L'A ABANDONNÉ.
C'EST STUPIDE, UN ANIMAL !
PERSONNE NE VIENDRA À SON SECOURS.
SHAA
IL VA SE FAIRE ÉCRASER.
OH, NON. PAS DÈS LE MATIN...
OÙ EST SON MAÎTRE ?
!!
BAM
PENSEZ AUX PROBLÈMES DES GENS !
SI C'EST UN INCAPABLE QUI LE RÉCUPÈRE, IL VA MOURIR.
C'EST FAIBLE, UN LAPIN. ON S'EN FICHE !
LE PAUVRE, QUAND MÊME...

C'EST UN REBUT !
JE NE VAIS PAS M'ARRÊTER POUR ÇA.
JE FAIS COMME SI JE NE LE VOYAIS PAS.
IL NOUS GÊNE.
C'EST UN REBUT !
C'EST QUOI TOUTES CES VOIX !
UN REBUT !
NON !

NON !
PAS ÇA !

aHH!

TIENS BON !

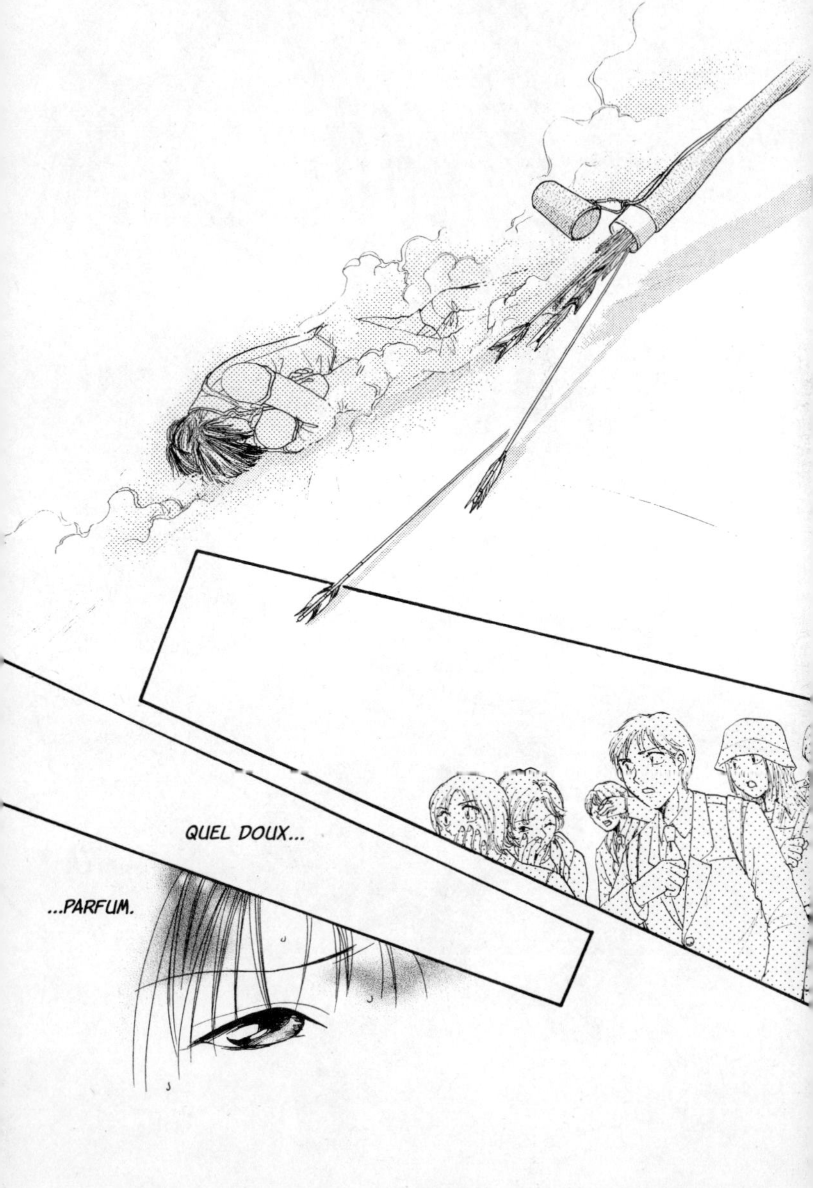
QUEL DOUX...
...PARFUM.

PHOSSH
C'ÉTAIT À UN CHEVEU...
WAKAMIYA ?!
LÀ, TU EN FAIS TROP...
SNIK SNIK

C'ÉTAIT QUOI, CETTE LUMIÈRE ?
BLA !
BLA !
LES VOITURES SONT DANGEREUSES, DE NOS JOURS !
VOUS ALLEZ BIEN ?
TU PEUX TE LEVER, SÉNO ?
TODOM
TODOM
TODOM
TODOM
TODOM
TODOM
OUI...
ÇA ALORS !
TÛÛT...
VRAMMM...
MERCI INFINIMENT !

MEN'S
PARKING
JE SUIS CONTENTE ! LAPINOU VA BIEN.
QU'EST-CE QUI T'A PRIS DE T'ÉLANCER AU ROUGE ?!
ET QUE VAS-TU FAIRE DE CE LAPIN ?
LE RAMENER À LA MAISON ET RECHERCHER SON MAÎTRE.
NIF NIF
YOUPI ! YOUPI ! YOUPI ! C'EST LA PREMIÈRE FOIS QUE JE DISCUTE AVEC KYÔ.
PENSÉE
PARMI TOUS CES GENS, IL N'Y A QUE TOI QUI ES INTERVENUE.
HA!
OUI... EN PLUS, QUAND JE LES AI ENTENDUS DIRE TOUTES CES VILAINES CHOSES...
DE QUOI ? TOUT LE MONDE SE TAISAIT.
HEIN ?

Bonjour à tous. Je suis Yuu Watase, l'auteur. Merci d'avoir acheté ce manga. Des choses terribles sont arrivées dans le monde (je fais allusion à septembre 2001). Nous n'avons pu être que spectateurs et n'avons su que dire. Eh bien la guerre est inconcevable ! Ça, il faut le dire à tout prix ! Je pense qu'il est temps de réaliser l'importance du dialogue. Prenons exemple sur Gandhi qui a su agir par la non-violence. Bon, quel rapport avec Alice 19th ? (rires) Je vous sens perplexes. Le "dialogue", c'est bien échanger des mots d'homme à homme. De par l'origine ou la façon de penser, chacun est différent. C'est pour ça qu'il est indispensable de dialoguer pour se comprendre. On a assez utilisé la force militaire et la force physique ! Dans les vieux manga, des amis rivaux en venaient souvent à se battre, mais ils finissaient toujours couchés dans l'herbe à discuter sur fond de soleil couchant : "Tu te défends bien !" "Ouais ! toi aussi !" Étrange, n'est-ce pas ? Peut-être cette situation était-elle possible autrefois parce que les gens étaient plus simples. Aujourd'hui, les gens sont devenus nuls en ce qui concerne les relations avec les autres. Ils rejettent le contact. Leur communication passe toujours par un ordinateur ou un téléphone portable. C'est l'époque qui veut ça (il y a aussi des bons côtés). Pour moi, être en tête-à-tête avec la personne reste indispensable.

WAKAMIYA, TU NE DEVRAIS PAS ÊTRE AU CLUB DE KYÛDÔ*?
NON. IL N'Y A PAS COURS AUJOURD'HUI.
(TON CATÉGORIQUE)
MAIS...?
QUOI ?! MA SŒUR, CETTE IDIOTE, S'EST TROMPÉE !
TOUTE SEULE DANS LA SALLE
?
* TIR À L'ARC JAPONAIS
C'EST ELLE TOUT CRACHÉE !

VOILÀ VOS CAROTTES !
WA... WAKA-MIYA ?
TAC
DA
LAPINOU !
...JOYEUSE
FUITE
ATTENDS-MOI !!
...
ATTENDS !
...
PAYEZ-MOI !
BON, BEN...

VRMMM
TUTAUT !
SÉNO ?
IL EST PARTI.
LAPINOU...
...
?

UN BRACELET ?
LA PIERRE EST ROUGE COMME LES YEUX DU LAPIN.
"SI CETTE JEUNE FILLE LE PORTE, JE LA REVERRAI."
LAPIN MERVEILLEUX
GRÂCE À LUI, J'AI PU PARLER AVEC WAKAMIYA...
GARDE ESPOIR, SÉNO.

J'AI VU KYÔ WAKAMIYA POUR LA PREMIÈRE FOIS IL Y A UN MOIS.
JE VENAIS D'ENTRER AU LYCÉE ET JE VOULAIS VOIR MA SŒUR DANS SON CLUB DE KYÛDÔ.
SHA BAN
QU'EST-CE QU'IL ÉTAIT BEAU !

JE M'Y SUIS FAIT CONNAÎTRE EN TANT QUE "PETITE SŒUR DE MAYURA SÉNO".
PAR LA SUITE, JE SUIS REVENUE SOUVENT AU CLUB SOUS PRÉTEXTE DE VOIR MA SŒUR.
MAIS JE NE POUVAIS FAIRE QUE REGARDER. PAS QUESTION QUE JE M'Y INSCRIVE.
KLIK KLAK !
PAF
AÏE !
OH.
PARDON, SÉNO.
TU NOUS LE RENVOIES ?

ÔISHI.
ELLE N'EST VRAIMENT PAS DOUÉE.
TIENS, LE VOILÀ.
MERCI.
POK !
AH !
ON T'A ENCORE TOUCHÉE ?
CE QUE NOUS SOMMES MALA-DROITES !
EXCUSE-NOUS !
PAS DE MAL...

SHOK!
HÉ !
ALORS ?!
POK
PAK
ELLE NE SE PLAINT DONC JAMAIS ! TOUJOURS À SOURIRE !
EN PLUS, ELLE A OSÉ ARRIVER AVEC WAKAMIYA !
ELLE M'ÉNERVE !
ÔISHI ! JE VAIS AVOIR DU MAL À TOUT TE...
!!

SHBU
SHBA
LES PREMIÈRES ANNÉES ! C'EST FINI, CES GAMINERIES ?!
ALICE !!
WA... WAKA-MIYA...
OUILLE !

MAYURA.
QU'EST-CE QUI T'ARRIVE, ENCORE ?!
ZOUP ZOUP
SI TU NE LEUR DIS RIEN, ELLES CONTINUERONT À SE MOQUER DE TOI !
FUH !
MAIS ELLES FONT MOINS LES FIÈRES, QUAND ELLES NE SONT PAS EN GROUPE.
HN ?
NE CHERCHE PAS LA BAGARRE !
SI VOUS AVEZ UN PROBLÈME, ADRESSEZ-VOUS DONC À MOI !
BON.
ON S'EN VA.
JE N'AIME PAS FAIRE DES HISTOIRES POUR RIEN.
KYÔ ! TU ES BLESSÉ À LA MAIN ?!
HA
C'EST TOUT ROUGE. VA À L'INFIRMERIE.
RIEN DE GRAVE.

C'EST À CAUSE DE CE MATIN ?
CE MATIN ?
CE N'EST RIEN.
ALLEZ, VIENS, "MAYURA-QUI-OUBLIE-LES-HORAIRES" !
ARRÊTE AVEC ÇA !
ALICE, RENTRE SANS MOI.
WAKAMIYA ...

DIS-MOI...
MAYURA ET KYÔ, ILS ONT L'AIR DE BIEN S'ENTENDRE...
DZING
ILS SONT DANS LA MÊME CLASSE ?
MAYURA SÉNO A REMPORTÉ LE TITRE DE "MISS DU LYCÉE" L'ANNÉE DERNIÈRE, EN ÉTANT SEULEMENT EN PREMIÈRE ANNÉE !
ILS FINIRONT BIEN PAR SORTIR ENSEMBLE.
ET CETTE FILLE, C'EST QUI ?
HIC!
JUSTE LA PETITE SOEUR DE MAYURA.
TAP!
COMME D'HABITUDE...

JE N'AI JAMAIS ÉTÉ...
...QUE "LA PETITE SŒUR DE MAYURA SÉNO".
MAIS GRÂCE À LAPINOU, J'AI PU PARLER À WAKAMIYA.
HÉ HÉ
QUELLE JOLIE PIERRE...
SI SEULEMENT C'ÉTAIT UN BRACELET QUI EXAUCE LES VŒUX !
SHBADAM
ALICE !

OH ! TU ES AU TÉLÉPHONE ?
NON NON.
ALORS, REGARDE !
LEQUEL DES DEUX SERAIT LE MIEUX COMME CADEAU D'ANNIVERSAIRE POUR KYÔ ?
L'AN... L'ANNIVERSAIRE DE WAKAMIYA ?
OUI, C'EST DEMAIN ! ÇA ME STRESSE !
JE NE SAVAIS PAS...
UNE MONTRE AUSSI, C'EST BIEN.
QU'EST-CE QU'IL PRÉFÉRERAIT ?
MAYURA...

TU L'AIMES, WAKAMIYA ?
TIC !
MA SŒUR EST SI BELLE...
...BELLE COMME UNE FLEUR QUI VIENT D'ÉCLORE...
MOI JE CHOISIRAIS CELUI-LÀ.
TU CROIS ?!
BON, D'ACCORD !
DING DONG
JE N'AI AUCUNE CHANCE CONTRE ELLE.

SÉNO !
HA!
TU AS UN MOMENT ?
OUI, QUOI ?
MON CŒUR BAT À TOUT ROMPRE.
À PROPOS DU LAPIN D'HIER... POUR NE PAS TERGIVERSER, J'AI ENVISAGÉ UN ÉVENTAIL D'ACTIONS.
EN FRANÇAIS, S'IL TE PLAÎT ?
JE SERAI PLUS ATTENTIVE EN COURS DE VOCABULAIRE.
TU CROIS QU'IL VAUT MIEUX POSER DES AFFICHES OU RECHERCHER SUR INTERNET ?
HEIN?

HIER SOIR, JE L'AI CHERCHÉ PARTOUT. UNE FOIS LA NUIT TOMBÉE, J'AI DÛ ABANDONNER.
LA NUIT TOMBÉE ?!
IL NE DOIT PLUS ÊTRE DANS LES ENVIRONS...
NE T'INQUIÈTE PAS, JE VAIS TE LE RETROUVER.
À PLUS TARD !
MAIS... MAIS POURQUOI...
TU AVAIS L'AIR TRISTE.
ET CE LAPIN TE PLAISAIT TELLEMENT.
WAKAMIYA...
TODOM TODOM
POURQUOI EST-IL...
TODOM TODOM
...SI GENTIL ?
TODOM TODOM TODOM TODOM
QUE DOIS-JE...
...FAIRE ?
GNN
TODOM TODOM

ATTENDS !!
TAP!
EUH...
JE...
JE...
QUE FAIRE ?
JE VEUX LUI DIRE.

OUI ?
TODOM
WA... WAKAMIYA..
TODOM
"JE T'AIME"
"WAKAMIYA, JE T'AIME."
TODOM
ALLEZ !
TODOM
JE...

KYÔ !
TU ES LÀ !
OH ? ALICE ?
QU'EST-CE QU'IL Y A ?
MAYURA...
EUH...
WAKAMIYA...

JE VOULAIS TE SOUHAITER UN BON ANNIVERSAIRE.
OH... MERCI...
SUR CE, À LA PROCHAINE !
WOOP !
ZOOP !
COURAGE, MAYURA !
MENSONGE !

KYÔ...
ACCEPTE CECI...
...POUR TES 17 ANS.
J'AI MENTI...
JE VOULAIS AUSSI...
...TE DIRE MES SENTIMENTS.

KYÔ...
...JE T'AIME.

JE SUIS TROP LÂCHE !

"JE T'AIME". J'AVAIS JUSTE TROIS MOTS À DIRE.
ET JE NE L'AI PAS FAIT.
SI SEULEMENT J'AVAIS...
...UN TANT SOIT PEU DE COURAGE.

JE VOUDRAIS TELLEMENT AVOIR DU COURAGE !
TÊTE DE LINOTTE !
TU EN...
...AS DÉJÀ.
HEIN ?

CAR TU TE DOIS DE MANIER LE "RANG".

TAP!
KYAAA

JE SAVAIS...
...QUE TU VIENDRAIS À MOI.

ENFIN...
...JE T'AI TROUVÉE.
QU'EST-CE QUE C'EST QUE ÇA...?

JE N'AVAIS AUCUN DOUTE !
JE SAVAIS QU'ON SE RENCONTRERAIT DE NOUVEAU !
MAIS...
...C'EST QUOI, ÇA...?!

QUE DE TEMPS PERDU, EN ATTENDANT !
MAIS TU SERAS BIENTÔT UN EXCELLENT MAÎTRE DES MOTS SACRÉS, UN "MAÎTRE DU LOTIS".
ELLE A LES OREILLES D'UN LAPIN.
MAIS ELLE PARLE.
TODOM TODOM

C'EST UN HUMAIN OU UN ANIMAL ?
ELLE A SAUTÉ DU HAUT DE LA TOUR DE TÔKYÔ.
C'EST LE TOURNAGE D'UN FILM ?
MAIS IL N'Y A PERSONNE...
SI ELLE FLOTTE DANS LES AIRS...
...C'EST SÛREMENT UN...
MON NOM EST NYOZÉKA.
MAIS ATTENDS-MOI !!
NE M'APPROCHEZ PAS ! NE M'APPROCHEZ PAS !

le sujet d'Alice 19th est la mise en évidence du pouvoir des mots.
En même temps, mon manga a pour thème la communication. Nous n'en sommes qu'au premier tome, mais vous verrez au fil de votre lecture. Alice, l'héroïne, est une jeune fille qui a du mal à s'exprimer. Elle est faible de caractère... Enfin, c'est ce qu'elle pense. En vérité, ce n'est pas le cas. Le fait qu'elle ravale tout ce qu'elle n'arrive pas à dire est à la base de toutes ses relations avec les autres. On a beau se moquer d'elle ou rire dans son dos, ça ne l'atteint pas. En fait, elle n'a pas de relation approfondie avec les autres pour ne pas être blessée.
En cela, Alice est complètement différente des héroïnes que j'ai dessinées jusqu'alors. Ces héroïnes se sentaient bien et fonçaient naturellement dans la vie. Elles représentaient mon idéal. Mais dans la vraie vie, les gens sont plutôt comme Alice, non ? Moi, c'est ce que je pense. Des gens épanouis qui parviennent à ouvrir leur cœur, on n'en trouve pas beaucoup. J'ai eu un peu peur de vos réactions quant au caractère d'Alice, mais dès le début de la prépublication, j'ai reçu des lettres qui me disaient "j'aime beaucoup Alice", ou alors "moi aussi j'ai une grande sœur, je la comprends !". En ce qui me concerne, je suis la fille aînée, alors je sais aussi ce que c'est que d'avoir le rôle de la grande sœur.

TROUF
TU ME RECONNAIS ?
REGARDE-MOI, AU MOINS !
NON !
BRRR
!
Dell commons

NON...!
TU ES LE PETIT LAPIN QUI S'EST ENFUI AVEC LA CAROTTE ?
VLAM!
OUI !
TU AURAIS PU LE DIRE AUTREMENT.
TU AS FAIT PREUVE DE BEAUCOUP DE COURAGE EN ME SAUVANT.
C'EST POURQUOI JE T'AI DONNÉ CE BRACELET.
ÇA...?
LE MOT "RANG" Y EST GRAVÉ.
IL SIGNIFIE "COURAGE", ET C'EST LE 19ÈME LOTIS. ALORS PRENDS-EN GRAND SOIN.

JE RENTRE ME COUCHER.
TU VEUX FUIR LA RÉALITÉ !
UN LAPIN QUI VOLE ET QUI SE TRANSFORME, C'EST TROP POUR MOI.
JE SUIS TOUT EMBROUILLÉE... ET J'AI DÉJÀ ASSEZ D'UN CHAGRIN D'AMOUR...
"UN CHAGRIN... D'AMOUR".
QUAND JE SERAI À LA MAISON, J'AURAI DROIT À MAYURA...
KYÔ, JE T'AIME.

JE N'AI PAS RÉUSSI À DIRE CES MOTS À KYÔ.
ÉVIDEMMENT...
MAIS MAYURA, ELLE...
...MÊME AVEC KYÔ, ELLE ÉTAIT SÛRE DE SON COUP.
JE NE VEUX PAS RENTRER À LA MAISON.
JE NE SUPPORTERAI PAS DE VOIR MAYURA...
...NI KYÔ, À L'ÉCOLE...
SNIF
"MAIS APRÈS, JE M'ENTRAÎNERAI AVEC LAPINOU !"
TU PARLES À LA PLACE DES GENS ?!
ET M'ENTRAÎNER À QUOI ?

J'AI DEVINÉ JUSTE, HEIN ? TU VOUDRAIS T'ENFUIR.
MAIS APRÈS ?
ÇA TE GAVE DE RESTER AU MILIEU DES TOMBES À ÉCOUTER MES HISTOIRES...
SHBADA
C'EST IMPOSSIBLE !!
ELLE LIT DANS MES PENSÉES OU QUOI ?!
HA!
AU FINAL, JE ME RETROUVE À LA MAISON.
KSHANG

C'EST QUOI, CES "LOTIS" DONT ELLE PARLAIT ?
C'EST VRAI QUE JE ME SUIS RENDUE À LA TOUR COMME SI QUELQU'UN M'Y APPELAIT.
MAIS CE N'EST PAS POSSIBLE ! ÇA NE ME CONCERNE PAS !
TU CROIS ?
ELLE EST LÀ ?!
MAIS COMMENT ES-TU ENTRÉE ?!
BAM
ALICE ?!
IL EST TARD ! OÙ ÉTAIS-TU ?!

C'EST QUOI, CE LAPIN ?...
HEIN?
TU L'AS TROUVÉ ?!
OUI... ET COMME C'ÉTAIT TARD...
ÇA M'EMBÊTE... ET TON PÈRE QUI N'EST PAS LÀ...
D'ABORD, TU DOIS EN PARLER À TA SOEUR.
COMME TOUJOURS !
ELLE DONNE VRAIMENT ...
...L'IMPRESSION D'ÊTRE UN LAPIN.

BAM !
ALICE, TU ES RENTRÉE !!
JE T'ATTENDAIS POUR TE RACONTER !
SHPP !
GNN
MAYURA ?! ATTENDS...
HA...
TIC TIC
SBAM !
MA PETITE FILLE !
MAYURA ?!
EXCUSE-MOI !

OUH...
ALLERGIE AUX ANIMAUX
JE VAIS CONFIER CE LAPIN À QUELQU'UN D'AUTRE.
HA
GARDE-LE.
TU AVAIS TELLEMENT ENVIE D'UN ANIMAL.
TU NE PENSAIS PAS À MAL.
MAYURA...
MAIS...
SI JE NE LE TOUCHE PAS, ÇA IRA.
J'EN PARLERAI À PAPA. IL NE POURRA PAS REFUSER.
JE VAIS MIEUX, DÉJÀ.
HEART

D'AC-CORD...
HA
J'EN OUBLIAIS QUE CE N'EST PAS UN VRAI LAPIN !
OUILLE !
AU FAIT, ALICE...
...JE ME SUIS DÉCLARÉE À KYÔ !
ZANG
GGG
C'EST GÉNIAL...
ZANG
ZANG
ZANG
CE À QUOI IL M'A RÉPONDU...
ZANG

LAISSE-MOI Y RÉFLÉCHIR JUSQU'À DEMAIN.
QUOI ?!
HEIN ?! MAIS C'EST QUOI, ÇA ?!
N'EST-CE PAS ?!
IL AVAIT REFUSÉ TOUS LES CADEAUX DES AUTRES FILLES.
ALORS JE ME SUIS DIT QUE J'AVAIS MES CHANCES !
MAIS ALORS, ILS NE SORTENT PAS ENCORE ENSEMBLE !
OUF!
JE NE M'ATTENDAIS PAS À ÇA. SI J'AVAIS SU...
HA!

OH...
NE...
KYÔ EST INTRANSIGEANT. IL PREND SON TEMPS POUR BIEN AGIR, C'EST TOUT !
...NE T'EN FAIS PAS !
C'EST VRAI. IL N'AGIT JAMAIS À LA LÉGÈRE.
C'EST BON SIGNE, EN UN SENS.
OUI !
COURAGE !

JE ME DÉGOÛTE !
BLAM
TÊTE DE LINOTTE !
POW POW
QUOI ? MAUDIT LAPIN !
C'EST "NYOZÉKA". ET J'AI TOUT ENTENDU.
DE QUOI TU TE MÊLES ?!
BON, LE DESTIN A TOURNÉ EN TA FAVEUR.
MAINTENANT TU AS ENCORE UNE CHANCE DE TE DÉCLARER, NON ?
OUI MAIS... QUAND JE LA VOIS COMME ÇA...

ELLE EST TOUJOURS CONFIANTE ET SOURIANTE.
ELLE RAYONNE AUSSI BIEN À L'ÉCOLE QU'À LA MAISON.
LA VOIR AVEC CE VISAGE ANGOISSÉ...
ZAM !
...ÇA ME FAIT CULPABILISER D'ÊTRE CONTENTE DE LA RÉACTION DE KYÔ.
SI JAMAIS IL NE VOULAIT PAS DE MA SŒUR, QUE FERAIS-JE ?
KYÔ, C'EST DEVENU SI DIFFICILE...
...JE ME DEMANDE BIEN QUELS SONT TES SENTIMENTS.

CLAP!
BON BEN, JE VAIS VOIR CE FAMEUX KYÔ.
PFF
GRAND BIEN TE FASSE !
AVOIR DU "COURAGE", C'EST D'ABORD "AGIR", NON ?
QUOI ?! TU VAS CHEZ KYÔ ?!
VLAP!
OUI, PUISQUE TU AS L'INTENTION DE NE RIEN FAIRE ALORS QUE TU POSSÈDES LE "RANG".
A...

BOING ...
BOING ...
ATTENDS !!
QU'EST-CE QU'ELLE A L'INTENTION DE FAIRE ?!
HA
HA
三条
さんらいず
AKANE
鳥げん
HA
HA

MADEMOISELLE ! ON VA SE FAIRE UN KARAOKÉ ?
NON MERCIII !!
ELLE N'EST PAS LÀ.
MAIS JE NE CONNAIS PAS BIEN CE QUARTIER.
BON SANG, QUE DOIS-JE FAIRE...
JE LA LAISSE ET JE RENTRE.
APRÈS TOUT, ELLE NE CONNAÎT PAS L'ADRESSE DE KYÔ ET N'A AUCUNE CHANCE DE TOMBER DESSUS.
"NE T'INQUIÈTE PAS, JE RETROUVERAI TON LAPIN."

AVOIR DU "COURAGE", C'EST D'ABORD "AGIR", NON ?
DOIS-JE VRAIMENT RESTER SANS RIEN FAIRE ?
ET NE PAS ME DÉCLARER...
IL FAUT QUE JE REVOIE KYÔ...
...AU MOINS UNE FOIS !

!
QU'ON SOIT...
...FACE
À FACE.

JE VOIS LA ROUTE À SUIVRE.
MES JAMBES ME PORTENT...
...ALORS QUE JE NE CONNAIS MÊME PAS CET ENDROIT.

HA !
WAKA...
SÉNO...
C'EST LUI !

NON !
JE SUIS VRAIMENT EN FACE DE LUI ?!
TODOM
TODOM
TODOM
TODOM
TODOM
MAIS QU'EST-CE QUE TU FAIS LÀ ?...
ENFIN, TU TOMBES BIEN.
REGARDE QUI J'AI RETROUVÉ !
GNI
HAA !
JE NE L'AVAIS PAS VUE !
AH... EUH... MERCI BEAUCOUP !
ÇA ALORS !
IL ÉTAIT ENCORE EN TRAIN DE LE CHERCHER !
C'EST PARFAIT, MAIS COMMENT CONNAISSAIS-TU MON ADRESSE ?
QUOI ?!
BON.
PUISQUE TU ES LÀ, ENTRE.

C'EST MOI !
AH, KYÔ !
TU RENTRES TARD !
PAR ICI, SÉNO !
COU-RAGE !
TIENS...
MAIS JE N'AI PAS D'ARGENT...
OH, CE NE SONT QUE DES RESTES.

C'EST KYÔ QUI A FAIT LE GÂTEAU !
QUOI ?!
BLOURCH
TU AURAIS PU T'ABSTENIR...
QUOI ?! LA PÂTISSERIE N'EST PAS UN PASSE-TEMPS HONTEUX !
CE N'EST PAS CE QUE JE VOULAIS DIRE. MAIS POUR UN GARÇON...
KOF KOF
C'EST DÉLICIEUX !
...
AH OUI ?
ET QU'EST-CE QUE TU SENS BON...
BOH
POURTANT MA DOUCHE DATE DE CE MATIN...
ALORS, JE NE DOIS PAS...

C'EST LA PREMIÈRE FOIS QUE JE LE VOIS COMME ÇA.
ALORS, TU ES SA PETITE AMIE ?
KYÔ T'A DÉJÀ EMBRASSÉE ?
KSHANG BADA!
EUH, NON... ON VA JUSTE...
...AU MÊME LYCÉE.
GRIK!
JUSTE AU MÊME LYCÉE...
VOUS N'AVEZ PAS COUCHÉ NON PLUS, ALORS ?
NON ! TU N'AS RIEN D'AUTRE À FAIRE ?!
ALLEZ, VAS-Y !
JE M'EXCUSE POUR ELLE.
ET... SI...

SI J'ÉTAIS MAYURA...
...JE POURRAIS PRÉTENDRE ÊTRE TA PETITE AMIE ?
JE L'AI DIT !
TODOM
TODOM TODOM
TODOM TODOM
SÉNO...

HMM !
GNN
TAC
TIC
TIC
TAC
TAC
TIC
NON. TU NE POURRAIS PAS...
TIC TAC
TIC
TAC
JE VAIS ÊTRE HONNÊTE AVEC TOI.

JE NE SAURAIS TROP EXPLIQUER LES RAISONS DE MON HÉSITATION.
JUSQU'À PRÉSENT, NOUS AVONS ÉTÉ DE TRÈS BONS AMIS, MAIS...
...DE LÀ À SORTIR ENSEMBLE. C'EST UNE QUESTION À NE PAS PRENDRE À LA LÉGÈRE.
ÇA TE TOUCHE... PARCE QUE... TU AIMES MAYURA...?
VAS-Y ! VAS-Y !
TU ES TRÈS DIRECTE.
OUI MAIS... ÇA ME CONCERNE...
OUI !
EUH...
PARCE QUE... JE SUIS SA SŒUR !
ALORS, SI ELLE A TROUVÉ LE COURAGE DE TE DIRE SON AMOUR...
ARGH !

...TU TE DOIS D'ÊTRE CLAIR AVEC ELLE !
QUELLE IDIOTE !
IDIOTE !
TAC
TIC
JE M'EN DOUTAIS, C'EST MA SOEUR !
TAC
TIC
TIC
TIC
TAC
TIC TAC
TAC
TIC TAC

ALICE ! MAIS QU'EST-CE QUE TU FICHES ?!
ON EST TRÈS INQUIETS !
BEN... JE...
ZOUW
PASSE-LA-MOI.
TU M'ÉCOUTES, ALICE ?
ALLÔ, MAYURA ? C'EST WAKAMIYA.
TODOM...
KYÔ ?!
MAIS ? QU'EST-CE QUE TU FAIS AVEC ALICE ?
PEU IMPORTE.
À PROPOS DE LA RÉPONSE QUE JE DEVAIS TE DONNER DEMAIN...

...JE ME SUIS DÉCIDÉ.
ON SORT ENSEMBLE.

BIP
MERCI.
TU M'AS ÉCLAIRCI LES IDÉES.
QUAND ON HÉSITE, IL FAUT FAIRE UN PAS.

OH NOOON !!
CRI DU CŒUR
QUELLE DRÔLE DE FILLE !
ELLE A DU COURAGE MAIS NE S'EN SERT PAS COMME IL FAUT.
IL FAUT VITE QUE JE LUI APPRENNE À DEVENIR UN MAÎTRE DU LOTIS.
C'EST TROP COOL.
DIRE QUE JE ME FAISAIS DU SOUCI !

MAIS QU'EST-CE QUE KYÔ ET ALICE...
?
HÉ...
ALICE...?

HÉ ! REGARDE !
WAKAMIYA ET SÉNO...
JE SAVAIS QUE ÇA ARRIVERAIT.
MA SŒUR ET KYÔ ONT DONC...
...COMMENCÉ À SORTIR ENSEMBLE...
BOH
BIP
BIP
BIP
BIP

SÉNO !
HIIIC !
ALORS ? TU NE VIENS PAS ASSISTER À L'ENTRAÎNEMENT ?
ALICE...
N...
NON... JE N'AI PAS FAIM...
EUH ! ÇA N'A AUCUN RAPPORT !
JE SUIS PRESSÉE ! DÉSOLÉE !
TAP TAP
ON DIRAIT QU'ELLE ME FUIT.
ELLE EST COMME ÇA, À LA MAISON ?
NON, NON...

?
JE SAVAIS QUE CE SERAIT DUR.
MAIS...
...J'ÉPROUVE TOUJOURS AUTANT DE CHOSES POUR KYÔ.
TU T'ES MISE TOUTE SEULE DEDANS !
J'ADORE LA SALADE.
CHOMP CHOMP
MUNCH MUNCH
POUR REPREN-DRE TES MOTS...
TU AS LE DON DE SAUTER DU COQ À L'ÂNE.
CHOMP CHOMP
...C'EST "EXQUIS".
QU'EST-CE QUE J'Y PEUX SI...
...KYÔ ET MA SŒUR PARTAGENT LES MÊMES SENTIMENTS ?

TU PRÉTENDS QUE TU NE REGRETTES RIEN ?
BOING
IL VA FALLOIR QUE JE T'AIE À L'ŒIL EN PERMANENCE !
VOILÀ. COMME ÇA.
MAINTENANT QUE JE T'AI TROUVÉ, LOTIS MASTER...
...TU VAS DÉCOUVRIR QUE LES MOTO ONT PLUS QUE LEUR USAGE ORDINAIRE.
ENCORE CETTE HISTOIRE ? ÇA NE M'INTÉRESSE PAS.
ZUIT ZUIT
?
BLUB!

VOILÀ
À PARTIR DE DEMAIN, TU M'EMMÈNERAS PARTOUT SOUS CETTE FORME !
GNNN
QUE TU CROIS !
POF
JE VAIS ME GÊNER !!
PAS QUESTION !
TU NE COMPTES PAS ME SUIVRE À L'ÉCOLE ET AUX TOILETTES, AUSSI ?!
MAIS ENFIN ! JE VEUX SEULEMENT QUE TU SOIS RAPIDEMENT UN LOTIS...
TOC TOC

CLAC
ALICE, TU AS UNE MINUTE ?
MAYURA.
TAK
C'EST UNE SCÈNE DE MÉNAGE ?!
OUH... ATTENTION À SES POILS...
ALLERGIE
ATTENDS, JE LE METS DANS SA CAGE !
TU ES RENTRÉE TÔT. JE PENSAIS QUE TU RESTERAIS PLUS LONGTEMPS AVEC WAKAMIYA.
JE DÉTESTE CE TRUC.
C'EST VRAI QU'ON EST TOUJOURS ENSEMBLE.
C'EST SORTIE SUR SORTIE. ON NE SE SÉPARE PRESQUE JAMAIS.

WAOUH ! C'EST LE GRAND AMOUR !
JE VOULAIS TE PARLER DE MATSUJÔ.
IL FAIT DU KYÛDÔ ET EST EN SECONDE, COMME TOI.
MATSU...?
ÇA TE DIRAIT DE SORTIR AVEC LUI ?
QUOI ?!
IL CHERCHE UNE COPINE. JE LUI AI PARLÉ DE TOI ET IL AVAIT L'AIR INTÉRESSÉ.
HEIN ?!
MAIS, POURQUOI TU...?

JE TE LE PRÉSENTE DEMAIN. TU AURAS BIENTÔT UN PETIT AMI !!
ALLEZ
A... ATTENDS, JE...
OH... NOOON...
...
MAYURA ?!
JE SUIS TATSUYA MATSUJÔ.
SMILE
SMILE
EN... ENCHANTÉE...
POF
ÇA VA BIEN SE PASSER.

JE T'AI TROUVÉE TRÈS MIGNONNE QUAND TU VENAIS NOUS VOIR. VEUX-TU SORTIR AVEC MOI ?
AH BON ? ON SE SERAIT DÉJÀ VUS...?
ELLE NE VOYAIT QUE WAKAMIYA.
QU'EST-CE QUE JE FAIS ? QU'EST-CE QUE JE FAIS ?
TODOM TODOM
TODOM TODOM
DU "COURAGE", ALICE ! SOIS FRANCHE, CETTE FOIS.
ZOUP
QU'EST-CE QUE VOUS FAITES LÀ ?
OH, BONJOUR, WAKAMIYA.
VOUS ATTENDEZ QUOI ?
TODOM
SÉNO...
KYÔ !
KYÔ EST LÀ. ALLEZ, DÉCIDE-TOI, ALICE !

D'A... D'ACCORD.
TAC...
JE VEUX BIEN SORTIR AVEC TOI.
SÉRIEUX ? C'EST COOL !
MAIS... DOUCEMENT D'ABORD.
TAP TAP TAP TAP
AÏE.
SHOP
GROUF
ÇA M'AIDERA PEUT-ÊTRE À OUBLIER...

...À OUBLIER KYÔ...
COMMENT ÇA SE FAIT ?
JE N'AVAIS PAS L'IMPRESSION QUE TA SŒUR ET MATSUJÔ ÉTAIENT PROCHES...
TU PARLES ENCORE DE ÇA ?
TU ME TROUVES LENT D'ESPRIT ?
OUI !
(TON TRANCHANT)
TU N'Y VAS PAS PAR QUATRE CHEMINS.
BEN QUOI ? C'EST VRAI.

Nyozéka a du succès. Je n'avais encore jamais mis en scène un lapin. C'est naturellement si mignon. Forcément, j'ai appelé l'héroïne "Alice" car la relation avec "Alice au Pays des Merveilles" s'imposait à moi. Jusqu'ici mes histoires n'étaient pas réalistes, mais je n'avais pas encore vraiment donné dans la "fantasy". J'ai remarqué au long de mes séries que j'utilisais souvent la lettre "A" pour mes héroïnes. Et cette fois encore, je l'ai fait avec "Alice". Je ne voulais pas rompre spécialement avec mes habitudes, mais bon, zut ! Dans "Fushigi yûgi", c'est "Miaka". Dans "Shishunki miman okotowari", c'est "Asuka". dans "Ayashi no ceres", il y a "Aya". et pour changer, dans "imadoki", c'est "Alisa" ! (rires) Les prénoms comportant un "A" sont vraiment très beaux. Mes personnages sont pourtant variés. "Mayura" m'est venu facilement. Au début, je pensais écrire "Alice" avec des idéogrammes, mais je voulais accentuer la différence entre elles deux. Alors, on m'a suggéré de l'écrire en caractères phonétiques. Parlons de l'idéogramme que j'ai utilisé pour Kyô. Je voulais un style vraiment différent de mes héros précédents. J'ai eu du mal à me décider. J'aimais beaucoup l'idéogramme qui signifie "capitale", mais celui qui signifie "exaucer" allait trop bien. L'ambiance d'Alice 19th est plutôt occidentale, mais je voulais que tout ce qui entoure Kyô soit du japonais traditionnel.

ON VA ENSEMBLE AU CLUB. ON DISCUTE BEAUCOUP EN DEHORS.
MAIS EN FAIT, RIEN N'A CHANGÉ.
?
MAYURA, TU NE T'INQUIÈTES PAS POUR TA SŒUR ?
ELLE, ELLE M'A PARLÉ DE TOI.
"ÇA ME CONCERNE !"
"SI ELLE A TROUVÉ LE COURAGE DE TE DIRE SON AMOUR, TU TE DOIS D'ÊTRE CLAIR AVEC ELLE."
C'EST CE QUI M'A DÉCIDÉ À SORTIR AVEC TOI.
MOI JE SUIS FILS UNIQUE, ET JE TROUVE ÇA BEAU, CE QUI VOUS LIE.

JE DEVRAIS LA JETER...
HIC
UN MESSAGE DE MATSUJÔ.
"C'ÉTAIT COOL AUJOURD'HUI. ON SE VOIT DEMAIN AU CLUB."
IL A TROUVÉ ÇA COOL. ON EST RENTRÉS ENSEMBLE ET ON A JUSTE ÉCHANGÉ QUELQUES MOTS.
ON SE TIENT LA MAIN ?
NON.
PFOUH... QUELLE HISTOIRE...
JE SAIS ÇE QUE TU PENSES.

ÇA NE POURRAIT PAS ÊTRE PIRE...
JE NE VEUX PAS ÊTRE BLESSÉE. JE NE VEUX PAS QU'ON ME DÉTESTE. ALORS, JE SABOTE TOUT, TOUT DE SUITE.
TU AS DÛ TE TROMPER SUR TES "LOTIS TRUCS".
LA PIERRE N'A PAS REBRILLÉ UNE SEULE FOIS.
TU COMPRENDRAS QUAND L'HEURE VIENDRA.
MAIS ATTENTION, ALICE, TU ES EN TERRAIN GLISSANT.
À CE PROPOS, COMMENT SE FAIT-IL...
DING DONG !
...QUE MAYURA AIT SUBITEMENT VOULU ME DÉGOTER UN PETIT AMI ?

ALICE !
ZOUP ZOUP
...
JE NE ME SOUVIENS PAS DU CLUB DE KYÛDÔ SANS LA PRÉSENCE DE KYÔ.
EUH...
MA SŒUR EST DÉJÀ RENTRÉE ?
OUI. LES COURS SONT FINIS.
JE SUIS DE CORVÉE DE NETTOYAGE.
...

ZOUH
TODO
IL N'Y A PERSONNE.
EUH... MA... MATSUJÔ ?
QU'EST-CE QUE...
HN ?
SHGLOUP

HYAA !
SABA
QU'EST-CE QUI TE PREND ?
ON SORT ENSEMBLE !
GNII
AÏE...
TODOM
TODOM
JUSTE UN BAISER !
NON, AR...
TODOM
TODOM
OHÉ !

QUI A LAISSÉ LA...
PAF
!!
WAKA-MIYA !

WA... KA...
BRRRR
QU'EST-CE QUI S'EST PASSÉ ?
RIEN... ON S'AMUSAIT, C'EST TOUT.
NOU...
VOUS VOUS AMUSIEZ... ?

TU AS POSÉ LA MAIN SUR ELLE !
KLAM
KLAM
BLANK

UN HOMME NE DOIT JAMAIS VIOLENTER UNE FEMME !
PRÉSENTE-LUI TES EXCUSES !!
KYÔ ?!
QU'EST-CE QUE TU FAIS ?! ARRÊTE !!
OUH...

KYÔ !
ZOU...
SÉNO...
PLIC
PLOC
TU N'AS PLUS RIEN À CRAINDRE.
OUI...!

BRROM
TIC
TIC
TIC
TIC
MA SOEUR N'A PAS DIT UN MOT, DEPUIS.
MAYU...
JE L'AI OBSERVÉ PENDANT PLUS D'UN AN.

...ET JE NE L'AVAIS JAMAIS VU COMME ÇA.
ENFIN BON...
...TU AURAIS DÛ REFUSER TOUT DE SUITE.
QUOI ?
SI TU N'AIMAIS PAS MATSU-JÔ...
...IL SUFFISAIT DE ME LE DIRE.
IL FAUT TOUJOURS QUE TU RAVALES CE QUE TU PENSES.
ELLE APPUIE LÀ OÙ ÇA FAIT MAL.

MAIS... JE...
TU PEUX QUAND MÊME BLESSER L'AUTRE EN FAISANT ÇA, TU COMPRENDS ?
JE... MAYURA...
MÊME KYÔ, TU L'EMBARRASSES. IL TE SUPPORTE SEULEMENT PAR GENTILLESSE...
...ET UNIQUEMENT PARCE QUE TU ES MA SŒUR.
QU'EST-CE QU'ELLE DIT ?!
NON !
CE QUE JE RESSENS...
J'AI BEAU CHERCHER À ME SOUVENIR...
JE NE COMPRENDS PAS...

MAYURA...
JE TE DÉTESTE...
DISPARAIS !
ALICE !!

Hic
Kiii...
MA... MAYURA...?
Kiii
Kiii
MAYURA ?

MAYURA !
OÙ EST-CE QU'ELLE EST...?
ZLOU
HIC
MAMAN... MAYURA EST DESCENDUE ?
NON, POURQUOI ?
BADADADABAM
ALICE ?! QU'EST-CE QUE TU FABRIQUES ?

JE TE DÉTESTE !
DISPA-RAIS !
GNN
GNNNN
BON SANG...
MAYURA ?!
...

...?
OÙ SUIS-JE ?
"DISPARAIS !"
"JE TE DÉTESTE !"
J'AI MAL...
MA POITRINE...
QUEL-QU'UN...

?
DE LA LUMIÈRE.
QUELLE HORRIBLE PLUIE !

À propos du choix du Kyûdo. quand j'ai créé Kyô, j'ai aussitôt voulu qu'il maîtrise une arme traditionnelle japonaise. J'ai d'abord pensé au Kendô, mais le Kyûdo m'a semblé l'idéal, et voilà ! Je ne m'attendais pas à ce que ça vous enthousiasme autant. Nombre d'entre vous m'écrivent qu'ils voudraient en faire. Je me souviens qu'à dix ans, j'avais trouvé moi aussi que c'était "trop la classe" (rires) et ça m'avait fait très envie. C'est élégant et martial à la fois. La grande jupe noire (Hakama) y est pour quelque chose. Si le Hakama était rouge, ce serait sexy et voyant et ça aurait sûrement du succès auprès des garçons. Mais les prêtresses de temple portent déjà un hakama rouge, alors c'est sacré ! De toute façon le hakama noir est censé favoriser un comportement stoïque. Moi je vote pour cette couleur. Sur les hommes, je trouve les longs manteaux noirs étourdissants (rires). Keanu dans "Matrix" est ce qu'il y a de plus cool ! C'est une amie qui m'avait traîné voir ce film (après une longue nuit de travail). Elle m'avait dit "du Keanu, j'en mangerais à tous les repas !". J'ai vite compris en le voyant. Bref j'ai refourgué à Kyô les choses que j'aimais. Par rapport à Tôya de "Ayashi no ceres" (encore un garçon en noir), Kyô est un garçon plus ordinaire. Je me demande lequel sera le plus populaire au final. En tant qu'auteur, il m'est nécessaire d'adorer mon héros. Le problème c'est qu'on risque de toujours reproduire le même. Mais cette fois, on m'a dit qu'il était différent, alors je suis contente. Pardon si, physiquement, il reste proche des précédents !

MAYURA ?!
KYÔ !!
HÉ...
JE SUIS SI CONTENTE ! CETTE LUMIÈRE, C'ÉTAIT TOI !!
QUELLE LUMIÈRE ?
ENCORE UNE FILLE !
BLA BLA
QUEL TOMBEUR !
IL FAISAIT SI SOMBRE, LÀ-BAS. J'AVAIS MAL ET J'ÉTOUFFAIS !!

OÙ ÇA ?
JE NE SAIS PAS.
C'EST ALICE, ELLE...
MAYURA, CALME-TOI !
ZAF!
TOUT VA BIEN, MAYURA.
MAINTENANT...
...TOUT VA BIEN !
PAK
BONK! ...

TU T'ES DISPUTÉE AVEC TA SŒUR ?
...
À CAUSE DE MOI ?
HEIN ?!
J'AI REPENSÉ À CE QUE TU M'AS DIT.
QUE JE ME PRÉOCCUPAIS TROP DE TA SŒUR.
JE M'EN EXCUSE.
...

TIC
TAC
KYÔ...
TIC
TAC
TIC
TU M'AS SERRÉE DANS TES BRAS POUR LA PREMIÈRE FOIS.
JE VOUDRAIS ÊTRE RASSURÉE.
ZOU...
EMBRASSE-MOI.

SPLASH
ALICE ! ÇA VA ?
"DISPA-RAIS !"
CE SERAIT MA FAUTE ?
OÙ EST-ELLE PASSÉE ?
ALICE.
JE PENSE QUE MAYURA EST DANS...
HA...
...LES TÉNÈBRES DE...

ELLE EST PEUT-ÊTRE CHEZ KYÔ...
POURQUOI TU NE M'EMBRASSES PAS ?
MAYURA...
TU ES SECOUÉE. TU DEVRAIS D'ABORD TE REPOSER.

TU NE M'AIMES PAS ?!
CE N'EST PAS ÇA...
C'EST JUSTE QUE...
JUSTE QUE QUOI ?!
MONTRE-MOI COMMENT TU ES SOUS TON VRAI JOUR !!
MONTRE-MOI LE VRAI KYÔ ! TU N'AGIS PAS COMME UN AMOUREUX !
JE NE SAIS PAS.
MAYURA.

JE NE SAIS PAS QUOI DIRE.
JE NE SAIS PAS QUOI TE RÉPONDRE.
BLAM BLAM
SÉNO !
ALICE NE DOIT...
...PAS ME VOIR.

QUOI ?
JE NE VEUX PAS QUE CETTE FILLE ME VOIE.
SBAM
DAM
?!

MA SŒUR ?!
WAKAMIYA ?! ELLE ÉTAIT BIEN AVEC TOI ?!
!?

ELLE A... DISPARU...?
MAYU... RA...

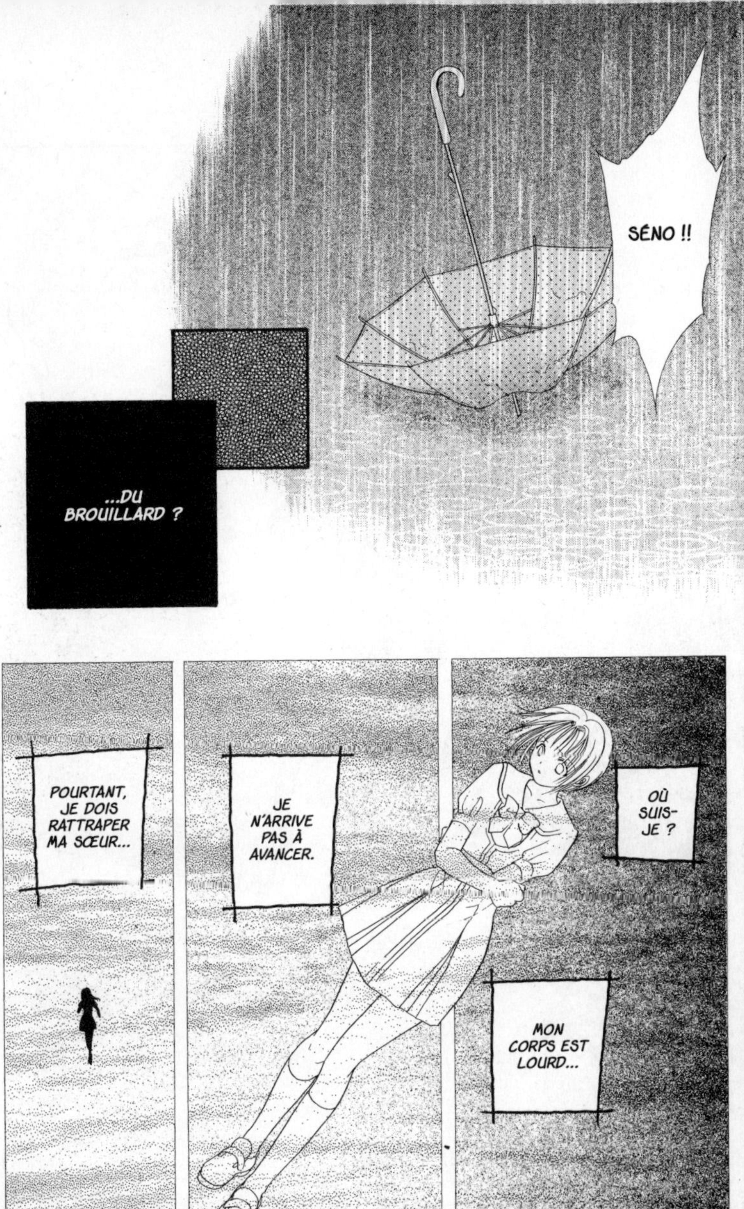
SÉNO !!
...DU BROUILLARD ?
OÙ SUIS-JE ?
MON CORPS EST LOURD...
JE N'ARRIVE PAS À AVANCER.
POURTANT, JE DOIS RATTRAPER MA SŒUR...

MAYURA !!
ATTENDS-MOI !!
MAYU...
PAF!

J'ÉTOUFFE...
GUIP GUIP
NYOZÉKA ? QU'EST-CE QUE TU FAIS ?
JE ME FAIS ÉCRASER LA FIGURE !
!
TU AVAIS DE LA FIÈVRE. TU AS DORMI PENDANT DEUX JOURS.
MAYURA...!!
TU ES ENCORE FIÉVREUSE !
ALICE, TU DOIS...
LANÇONS UN AVIS DE RECHERCHE !

ÇA FAIT 2 JOURS QU'ELLE N'EST PAS RENTRÉE...
CALME-TOI, CHÉRIE !
IL Y A BEAUCOUP D'ADOS QUI S'ABSENTENT QUELQUES JOURS. ATTENDONS ENCORE UN PEU.
CE N'EST PAS LE GENRE DE MAYURA !
IL A PU LUI ARRIVER QUELQUE CHOSE, ET TOI TU NE T'INQUIÈTES PAS !
CE N'EST PAS ÇA, MAIS...
KYÔ LA CHERCHE DEPUIS CE SOIR-LÀ.
HA
MOI AUSSI... JE LA CHERCHAIS EN RÊVE. MAIS IL FAISAIT SOMBRE ET ÉTOUFFANT À CAUSE DU BROUILLARD.

HM
C'EST BIEN CE QUE JE CRAIGNAIS.
NOUS NE LA TROUVERONS PAS "ICI".
MAYURA EST ENTRÉE DANS LES TÉNÈBRES DE SON PROPRE CŒUR.
QUOI ?!
SOUS L'INFLUENCE DU "MOT DES TÉNÈBRES" QUE TU AS UTILISÉ.
HÉ...
ÉCOUTE-MOI BIEN, ALICE. LES MOTS POSSÈDENT UNE FORCE.
ILS PEUVENT SERVIR À SAUVER LES GENS OU À LES TUER.

C'EST LÀ-BAS QUE LE CŒUR RÉSIDE. ET JE NE SAIS PAS POURQUOI MAIS TES MOTS ONT PLUS DE FORCE QUE CEUX DES AUTRES.
HA...
JE TE DÉTESTE !"
"DISPARAIS !"
C'EST MA FAUTE !
MAIS POURQUOI...?
JE NE LE PENSAIS PAS VRAIMENT...
IL N'Y A QU'UN SEUL MOYEN DE SAUVER TA SŒUR !
C'EST D'UTILISER LE LOTIS !

TU AS ÉTÉ CHOISIE POUR ÊTRE UN LOTIS MASTER.
EN UTILISANT LE LOTIS, TU POURRAS RETROUVER TA SŒUR !
MAIS... MAIS... COMMENT ?!
JE VAIS TE L'APPRENDRE, MAIS TU DOIS VRAIMENT VOULOIR LE RETOUR DE TA SŒUR.
POUR L'INSTANT, TU N'ES PAS EN CONDITION. ÉPARGNE PLUTÔT TES FORCES.
MAYURA...

PARDONNE-MOI !
PARDONNE-MOI !
VOUS SAVEZ, POUR MAYURA SÉNO ?
AH OUI !
BLA BLA
ELLE A DISPARU ? ON LA RECHERCHE ?
BLA
IL S'EST PASSÉ UN TRUC AVEC WAKAMIYA ?
QUELLE HISTOIRE !
OUI.
OH.
TOUT LE MONDE EST AU COURANT.
NE FAIS PAS ATTENTION, ALICE.
ZOUP!
SÉNO !

TU VAS MIEUX ?
WAKA-MIYA...
...
JE SUIS DÉSOLÉ.
BLA BLA
J'AI EU BEAU LA CHERCHER...
CE NE SERAIT PAS À CAUSE DE VOUS QUE MAYURA A FUGUÉ ?
HÉ OUI
ELLE N'A PEUT-ÊTRE PAS SUPPORTÉ DE VOUS VOIR SI PROCHES...
MATSUJÔ !

QU'EST-CE QUE TU DIS ?
SÉNO ET MOI, ON SORTAIT ENSEMBLE.
EN QUOI ÇA POUVAIT TE GÊNER ?
"TU ME DÉGOÛTES !"
"WAKAMIYA SE CROIT TOUT PERMIS PARCE QU'IL EST POPULAIRE."
"CE WAKAMIYA A UN SENS PARTICULIER DE L'HONNÊTETÉ..."
"NON ?! UNE RELATION À TROIS ?!"
ELLE EST DÉMONIAQUE, SA PETITE SŒUR !"
"INTÉRESSANT !"
"C'EST BIEN FAIT POUR MAYURA SÉNO !"

"NE REVIENS JAMAIS !"
OUH...
SÉNO ?
LA MÉCHANCETÉ...
PSHH !
ARRÊTEZ !
ÇA NE VA PAS ?
HMF...
NON, ALICE ! NE TE LAISSE PAS SUBMERGER PAR LES MOTS DES TÉNÈBRES !!

RÉPÈTE MES MOTS ! IL EST TEMPS DE DEVENIR UN LOTIS MASTER !
"NA"
"SADARU"
GLOUPS!
TU NE PEUX PAS PERDRE !
LE POUVOIR DU LOTIS EST PLUS FORT !!
"LOTIS"
"RAN'"

JE NE PEUX PLUS FUIR !!

NA... SADARU... LOTIS... RAN'...
SHHHH

?
?!
C'EST QUOI, ÇA ?!
POUR RÉSUMER, C'EST LE PREMIER STADE DU LOTIS MASTER.
MAIS ?!
?!

KYÔ ?!
C'EST BIZARRE QU'IL SOIT LÀ...
WAKAMIYA ! TIENS BON. JE T'EMMÈNE À L'INFIRMER...

QU... QU... QU... QU...
C'EST UN MONDE PLUTÔT DÉLABRÉ, À PRIORI.

OUMF
C'EST QUOI, ÇA ?
!!
MATSUJÔ ?!
LÂCHE-MOI !
TOUS LES AUTRES SONT EN SUSPENSION...?!
QU'EST-CE QUI SE PASSE ?!
VIENS ICI, SÉNO. LAISSE WAKAMIYA.

PAS QUESTION. JE L'EMMÈNE À L'INFIRMERIE.
TU ES MA PETITE AMIE, NON ?! TU N'AS PAS À T'OCCUPER DES AUTRES GARS !
MAIS...
ZASH
ET ARRÊTE AVEC TES "KYÔ", "KYÔ"!!
PAF
DÉGAGE !
JE VAIS L'ACHEVER À COUPS DE PIED !!
A...

"ARRÊTE"
!!

BONK
DAM
FAIS PAS CETTE TÊTE D'ANDOUILLE ! ALLONS-NOUS-EN !
QU'EST-CE QUI S'EST PASSÉ ?!
PEU IMPORTE !
DÉPÊCHONS-NOUS !
MAIS... ET KYÔ...
JE PENSE QU'IL S'EN TIRERA !
PUISQUE TU AS ATTIRÉ TOUTE L'ATTENTION DE CE TARÉ SUR NOUS !
KYAAAAA
HAAAAAAAAARG

EXPLIQUE-MOI, NYOZÉKA !
NOUS SOMMES DANS LE "INNER HEART", UNE RÉALITÉ ALTERNATIVE.
PUISQUE MATSUJÔ EST LÀ, IL S'AGIT SANS DOUTE DU MONDE TEL QU'IL LE PERÇOIT.
UN MONDE DONT LA PERSONNE ELLE-MÊME N'A PAS CONSCIENCE.
MAIS COMMENT Y SOMMES-NOUS ENTRÉS ?!
TU AS RÉPÉTÉ LES "MOTS CLEFS" "NA. SADARU. LOTIS. RAN".
QUAND UN LOTIS MASTER UTILISE CES MOTS...
...IL PEUT ALLER OÙ IL VEUT !
MAIS ALORS...
POURQUOI ICI ?
HA

MAIS OUI. CETTE IMPRESSION...
...C'EST LA MÊME QUE DANS MON RÊVE OÙ SE TROUVAIT MAYURA...
MAYURA ?!
OH !
ELLE EST LÀ !
ATTENDS-MOI, MAYURA !!
SHAW

POURQUOI EST-CE QUE TU ME FUIS, SÉNO ?
MATSUJÔ.
HNN...

? ? ?
PAK PAK PAK
...
AH ?
HÉ !
POF!

POF
POF
POF
POF
POF
POF
POF
EUH...
PAS TOUT COMPRIS...
C'EST QUOI, ÇA...?
JE SUIS EN TRAIN DE RÊVER ?
WOM
PINCEZ-MOI !
QUE JE ME RÉVEILLE !
VOOOOOOM
?!

Oh, c'est déjà le dernier. Mais petit à petit, je vous en apprendrai encore sur les personnages et sur moi. Pour l'illustration de style occidental, je n'ai pas dessiné des vêtements de la vie de tous les jours. Je leur ai fait porter de la dentelle et des lacets. Personnellement, je préfère le vert, mais je sais que les filles rêvent de monde en rose. Pourtant, j'aimais les robes, étant petite. Comment en suis-je venue à ne porter que des pantalons ?! On dirait qu'ils se sont imposés avec mon passage à l'âge adulte. Jusqu'à ces dernières années, je n'ai porté que des vêtements fonctionnels, mais récemment j'en viens à apprécier les tenues féminines, par exemple les jupes longues. (Je n'aime pas les tenues moulantes !) Je me souviens avec nostalgie de l'époque où j'utilisais un langage masculin, histoire de clamer : "je voudrais être un garçon". Dans certaines lettres, je retrouve ces pronoms personnels masculins utilisés par des lectrices. C'est une mentalité que je comprends parfaitement. Bon, pourquoi une orientation occidentale ? Parce que j'avais envie de casser cette image associée à la Chine et à l'Asie, due surtout à Fushigi Yûgi. À propos, des produits dérivés de cette série sortent encore ici (au Japon) : livres d'illustrations, compilations, gadgets, romans et vidéos. Doivent encore sortir les dvd de la série tv. Je fais confiance aux fans pour y jeter un œil. De mon côté je vais faire des efforts pour peindre des illustrations originales. Merci de m'avoir suivie !

KYAAA
SHKLAM
GRIIK
OUH...
MAINTENANT, RIEN NE POURRA NOUS DÉRANGER.
C'EST LA CATA !
RÉVEILLE-TOI, ALICE ! PRONONCE LE MOT "RANG'" !
GNNNN...
!
HO
SHA

NYOZÉKA !!
IL M'A EUE.
MAYURA !
IL FAUT QUE JE M'EXCUSE.
RENTRONS ENSEMBLE.
DÈS LORS, JE TE DIRAI TOUJOURS MES VRAIS SENTIMENTS.
ET J'ADMET-TRAI MON AMOUR POUR KYÔ.
RA...
RANG' !!

ALICE !!
ZAF...
TOUT CE QUE J'AI VOULU DIRE ET QUE JE N'AI PAS DIT.
PARDON, MATSUJÔ ! JE NE PEUX PAS SORTIR AVEC TOI.
J'AIME QUELQU'UN D'AUTRE !
CONTINUE !
JE N'EN AI JAMAIS EU LE COURAGE...
...MAIS IL Y A QUELQUE CHOSE QUE JE DOIS ABSOLUMENT DIRE.

JE SUIS AMOUREUSE DE KYÔ.
ALORS, PARDONNE-MOI !!
JE L'AI DIT...
NOY...
!
ALICE ! TU AS BRILLAMMENT REMPORTÉ TA PREMIÈRE BATAILLE !!
BOING
EN DÉVOILANT TES VRAIS SENTIMENTS, TU L'AS TOUCHÉ EN PLEIN CŒUR !

"ÉCARTEZ-VOUS"!!
MAYURA !!
MAINTENANT, JE PEUX LUI DIRE !
ATTENDS-MOI, MAYURA !!

QUI EST-CE ?!
!!
DAVID COPPERFIELD ?!
MAIS NON !!

ALICE !!

BASHH!!
TSHAK
KSHA
?!

VA-T'EN !!
LAISSE-LA ET RETIRE-TOI !!
WAKAMIYA ! QU...?!
ÇA VA ALLER, SÉNO !
JE NE COMPRENDS RIEN MAIS NOUS NE RÊVONS PAS.

RASSURE-TOI !
JE SAUVERAI
MAYURA !!

CETTE LUMIÈRE ! KYÔ SERAIT AUSSI UN LOTIS MASTER...
...BEUH
QUOI ?!

BYAH
MAYU...
MAYURA !!

ATT...
FWOUSH
HA
BLA
BLA
BLA

HEIN ?!
DING DONG
DING DONG
DING DONG
DING DONG
DÉPÊCHE-TOI, MATSUJÔ ! LE COURS VA COMMENCER.
AH
EUH ? QU'EST-CE QUE JE VOULAIS LEUR DIRE, DÉJÀ ?
HEU...
TOUT EST REDEVENU NORMAL ?
ZASH

POF
HIC!
FÉLICITATIONS !
GNI...
POUR UN LOTIS MASTER DÉBUTANT, TU AS ÉTÉ MAGNIFIQUE !
HÉ ?!
TU MÉRITES BIEN DE DEVENIR MA FEMME !
Chu
QUI...
QUI EST-CE ?!
- FIN DU VOLUME 1 -

ALICE 19th

Original Japanese edition published in 2001
by SHOGAKUKAN Inc., Tôkyô.
French translation rights arranged by
SHOGAKUKAN Inc. through The Kashima Agency.

- Edition française -
Traduction : Flora Huynh
Adaptation graphique & lettrage : V. Léone & Bakayaro!

BP 177, 38008 GRENOBLE Cedex.
ISBN : 2.7234.4238.1
ISSN : 1253.1928
Dépôt légal : juin 2003

Imprimé en France par Maury-Eurolivres
45300 MANCHECOURT - FRANCE